ALFRED GABRIÉ

POMPEÏ

Poème

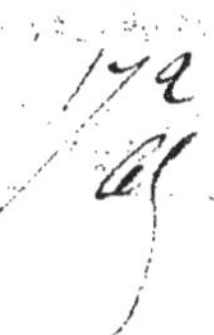

Et la cendre massive étouffa dans leurs lits,
Ces mille conviés sur l'heure ensevelis.

MERY.

MARSEILLE

J. ESPARRON, Libraire-Editeur
Rue du Jeune-Anacharsis, 5.

1865

ALFRED GABRIÉ

POMPEÏ

Poème

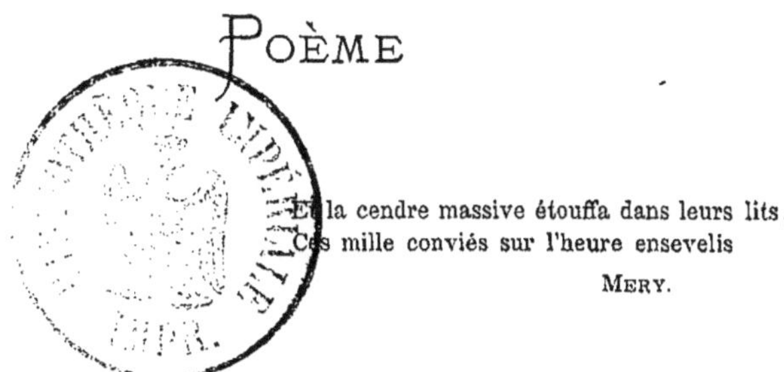

Et la cendre massive étouffa dans leurs lits,
Ces mille conviés sur l'heure ensevelis

MERY.

MARSEILLE

J. ESPARRON, Libraire-Editeur
Rue du Jeune-Anacharsis, 5.

1865

PRÉFACE

La première éruption connue du Vésuve qui eut lieu l'an 79 de l'ère chrétienne, est célèbre , on le sait, par l'ensevelissement d'Herculanum et de Pompeï.

Ce sont les derniers moments de la seconde de ces villes romaines que nous avons essayé de retracer dans nos vers.

On se tromperait si l'on croyait y rencontrer autre chose qu'une simple conception poétique. Ce petit poème ne peut avoir de valeur, si toutefois il en a, qu'au point de vue de la poésie.

C'est d'ailleurs le seul but que l'auteur se soit proposé en l'écrivant.

A. G.

POMPEÏ

POÈME

I

Rome vivait d'orgie et s'y vautrait sans crainte !
Titus régnait. Partout dans la royale enceinte
Le crime se roulait dans la fange et partout
Sur la vertu tombant le vice était debout.
Les Sénateurs Romains traînaient aux Saturnales
Les filles de Sion, ces beautés sans rivales ;
Le frère recherchait les baisers de la sœur ;
Les vieillards décrépits, sans honte et sans pudeur,
Voulaient pour assouvir leur passion charnelle
Des vierges de quinze ans à la brune prunelle ;
Et le père — ô pourquoi suis-je impuissant, grands Dieux,
A flétrir dans mes vers ce forfait odieux ! —
Le père, pour charmer les loisirs de sa couche,
Y traînait son enfant et cueillait sur sa bouche

Ces baisers enivrants, ces soupirs que toujours
La vierge nous prodigue à l'heure des amours.
La grande aigle romaine avait plié ses ailes,
Et le temple de Mars n'avait plus de fidèles.
Vénus régnait partout ; ses oracles menteurs
Étaient seuls écoutés ; ses prêtres imposteurs
En prêchant aux Romains et la honte et le vice
A l'Empire debout creusaient un précipice ;
Rome allait s'endormir dans les bras de la mort :
Le navire sombrait sous le poids de son or.

II

Ainsi que la cité superbe et souveraine
Dont le Tibre amoureux baise les pieds de reine,
Et qui, s'enveloppant dans sa pourpre de Tyr,
Voyait le monde entier à sa voix obéir ;
De même que la Rome aux voluptés royales,
La ville de Pompée avait ses Saturnales
Où les crimes honteux osant trôner en rois,
A leurs hôtes impurs venaient dicter des lois.
On ne voyait alors que guirlandes de fêtes,
Dont les fils de Pompée osaient ceindre leurs têtes ;
Les airs retentissaient de bruyantes clameurs ;
Les nuits d'été voyaient de vigoureux rameurs
Porter sur leurs esquifs ornés de riches tentes,
Et sillonnant la baie aux brises odorantes,

De timides beautés au col blanc, à l'œil noir,
Telles qu'hélas! nos jours n'en pourront jamais voir.
Ces femmes aux cils bruns étaient de belles Juives
Qu'en Orient Titus avait faites captives,
Et qu'aux siens il donnait pour leur part du butin.
Peuple Hébreu, laisse-moi pleurer sur ton destin!
Ton Dieu n'avait donc plus dans ses mains le tonnerre?
Il avait donc perdu l'empire de la terre,
Qu'il laissait les Romains fouler aux pieds ses lois,
Sur son peuple fidèle accomplir des exploits?
Jérusalem vaincue et Rome triomphante;
Le crime renversant la vertu haletante;
Titus se couronnant des lauriers du vrai Dieu,
Et le temple des Juifs consumé par le feu!
Voilà ce qu'on a vu!.... Mais enfin l'heure approche
Où, tandis que bercés aux bras de la débauche,
Les impurs Pompeïens s'endormiront gaîment,
Du ciel vengeur, du ciel viendra le châtiment!

III

Mai, le beau mois des fleurs et des nuits enivrantes,
Vient suspendre la coupe aux lèvres des Bacchantes;
Le fier patricien s'enfuit à sa villa,
Dans le *Biga* superbe ou la riche *Sella*;
De ses bourgeons neigeux l'amandier se décore,
Et l'odorant rosier voit ses boutons éclore;

Le printemps a déjà par ses tièdes chaleurs
Rallumé les amours au fond de tous les cœurs,
Aussi dans Pompeï naissent des Bacchanales
Comme Rome jamais n'en eût dans ses annales.

IV

L'opulent Manlius est là dans son jardin,
Ivre de voluptés, de parfums et de vin.
Des femmes aux seins nus, aux poses impudiques,
Se roulent à ses pieds ; leurs propos érotiques
Semblent seuls l'égayer ; il écoute, il sourit ;
De ces tableaux impurs son âme se nourrit,
Et, collant plusieurs fois sa lèvre à la patère,
Dans les bras de Bacchus abandonne la terre.
Tout à coup une esclave entre et va droit à lui.
Voilà tout ce que j'ai de mieux pour aujourd'hui
Dit-elle, en présentant une enfant à cet homme.
Cette vierge est chrétienne, elle arrive de Rome.
Manlius soulevant sa tête lourdement,
Dit : laisse-la, c'est bien. Elle est belle vraiment !
Par Vénus les beaux yeux ! Puis, après une pause :
Dis moi, jeune beauté, frêle bouton de rose,
Sais-tu bien que ton Dieu, qu'on dit juste et puissant,
Prend fort peu de souci de son culte naissant ?
Déjà dix de tes sœurs ont, dans mes Bacchanales,
Perdu leur chasteté, vertu de nos Vestales,

Et cependant encore aucun secours du Ciel
N'est venu les venger de cet affront cruel!
Tu tombes à genoux? Ici point de prière,
Si ce n'est pour Bacchus seul Dieu que je vénère.
Viens plutôt immoler sur l'autel de Cypris
Ta vertu , ta pudeur, trésors d'un si grand prix !
Et, prenant dans ses bras cette beauté pudique
Il l'entraine en riant d'un rire sardonique.

V

Sur un lit abrité par un dais de velours,
Sanctuaire des ris , des jeux et des amours,
Manlius vient placer cette jeune captive.
Se penchant sur la couche, et, l'oreille attentive,
Il écoute avec un ineffable bonheur
Les plaintes qu'à l'enfant arrache la frayeur.
Jésus ! est le seul mot à la fois faible et tendre
Qu'au milieu de ses pleurs la vierge fait entendre ;
Jésus ! est son seul cri d'amour en ce moment,
Mot divin qui peut seul appaiser son tourment.
Sur le voluptueux, le Pompéïen infâme ,
Que le vin rend lascif, que le désir enflamme,
L'enfant lève parfois un regard abattu
Qui résume ces mots : épargne ma vertu !
Vains efforts ! Manlius sur son sein nu la presse ;
Le soupir pour écho rencontre une caresse ;

Encor quelques instants et le crime est vainqueur !.....
Mais quel est donc ce bruit ? D'où vient cette clameur ?
Du sol semble sortir une voix sépulcrale !
Une lueur sinistre emplit toute la salle !
La lampe de cristal suspendue aux lambris
Roule sur le plancher, le couvre de débris !
Ainsi que l'Océan, quand la tempête gronde,
Le sol tremble et mugit. On dirait que le monde
S'ébranle sur sa base et que l'Œuvre géant,
Sur un ordre des Dieux va descendre au néant.
Effrayé, Manlius autour de lui regarde ;
Il ne voit que le mur qui tremble et se lézarde ;
Il n'entend qu'une voix qui, le frappant au cœur,
Semble dire ces mots sur un timbre moqueur :
N'est-ce pas qu'il est beau, quand la vertu succombe,
De s'écrier : c'est moi qui lui creusai sa tombe ;
Sur un lit de satin, dans les bras d'une enfant,
N'est-ce pas qu'il est beau de mourir triomphant !
Mais tandis qu'il écoute, un formidable gouffre
D'où s'élève à flocons une vapeur de soufre,
S'entrouvre sous le seuil que la lave a franchi,
Et que le flot brulant par l'écume a blanchi.
Alors Martha, c'était le nom de la chrétienne,
Montrant au Pompeïen la vague vésuvienne,
Dit d'une voix mourante : « Elle vient pour venger
Mon honneur, Manlius, que tu veux outrager.
En sauvant ma vertu sur le bord de l'abîme,
La Mort, ange vengeur, vient châtier ton crime. »

Un formidable bruit éclate après ces mots,
Bruit effrayant qu'au loin vont porter les échos.
C'est un palais voisin, qui, tremblant sur sa base,
S'effondre d'une part et de l'autre s'embrase ;
C'est la Destruction, compagne de la mort,
Qui vient vouer la ville entière au même sort !
Le Forum, les palais et les temples s'écroulent ;
Dans l'abîme béant les Dieux eux-mêmes roulent ;
Tout périt ; et du haut du Vésuve écumant
Avec la lave en feu roule le châtiment.

FIN.

Marseille. — Typ. et Lith. H. SEREN, quai de Rive-Neuve, 3.